숲길에 떨어진
햇빛 하나 주우며

숲길에 떨어진 햇빛 하나 주우며

2024년 10월 25일 초판 1쇄 인쇄 발행

지 은 이 | 황태근
펴 낸 이 | 박종래
펴 낸 곳 | 도서출판 명성서림

등록번호 | 301-2014-013
주　　소 | 04625 서울시 중구 필동로 6 (2, 3층)
대표전화 | 02)2277-2800
팩　　스 | 02)2277-8945
이 메 일 | msprint8944@naver.com

값 12,000원
ISBN 979-11-94200-28-4

황태근 시집

숲길에 떨어진 햇빛 하나 주우며

도서출판 명성서림

시집을 내며

동시를 처음 써 본 것이 초등학교 2학년 때였으니 오랜 세월이 흘렀다. 학교 대표로 여러 학교 아이들이 모여서 겨루는 글짓기, 그림, 만들기 등 종합 문예 대회에 나가 '나무'라는 제목으로 동시를 썼지만 상을 받지는 못했다. 그 후 교실 뒤편의 '우리들 솜씨'라는 곳에는 늘 내 동시가 자리 잡고 있었고 일기와 위문편지를 잘 썼다고 칭찬을 들은 기억이 많다.

중, 고교 시절에는 문예반에서 시와 산문을 썼고 교과서에 나오는 시, 시조는 거의 외우다시피 애정을 보였다. 국문학과에 가려는 마음을 가져보기도 했고 만약 그랬다면 내 인생이 즐거움 쪽으로 달라졌을 거란 상상도 해 본다. 고등학생 때부터 각종 잡지에 투고하고 독자들로부터 적지 않은 편지를 받으면서 시는 내 생활의 일부로 스펀지에 물이 스며들듯 침투해 왔다.

사회생활을 하면서 시나 글로 남겨야겠다는 것은 어김없이 그렇게 했으며 가슴 뿌듯함은 작은 행복이었다. 시라는 창을 통해 세상을 보았고 흐트러진 자세를 추슬렀으며, 상한 마음을 녹이거나 적지 않게 위로를 받았다.

보고, 느끼고, 경험한 것을 시라는 이름으로 만들어 보았다. 항상 그렇듯이 아쉬움과 부족함이 뒤따르지만 발전과 향상의 디딤돌로 삼고자 한다. 주위 많은 분들의 따스한 격려와 사랑에 깊은 감사를 드린다.

2024년 가을에

황 태 근

차례

1부
어머니의 계절

2부
고향은 힘들게 하지 않는다

3부
오월의 반성문

4부
세 자매에게

5부
오늘은 푸르고 희망찬 날

1부

어머니의 계절

꽃다발

아이가 만들어 온
형형색색 꽃다발

거실에 놓았더니
환해진 분위기

진한 향기야
그렇다 해도

영롱한 이슬방울
살아 숨 쉬는 꽃송이

사랑 앞에서는
마술이 따로 없구나

세 아이

1

창밖에 수줍게 핀 하얀 목련
바람 불거나 빗방울 떨어지면
혹여 어찌 될세라
창문 살며시 열어 고개 내민다

맑고 고와 어디서든 듬뿍 받는 사랑
주변 온통 예쁘고 멋진 꽃들
향기 가득한 꽃밭에서 사는구나

2

토익 구백 점 넘는 점수
장대높이뛰기 막대처럼 까마득한 숫자
'정말이야?'를 세 번 반복했던 건
내가 감히 꿈도 꿀 수 없기 때문이야

변호사 못지않아 이공계 수재들
다 몰린다는 어렵고 힘든 시험
당당하게 통과하리라 믿어

3

아빠는 어림없었어
많은 친구들 몰고 다니며
화려하게 수 놓고
즐거움 화신으로 활짝 꽃핀 학창 시절

아이들 푸르고 소중한 꿈
키워주고 싶은 마음 꼭 이루어질 거야
비바람 불어도 끄떡없는 너에게
살며시 기대고 싶어

눈빛

청년 시절 햇볕 따스한 날
경북 구미 유명한 절 노스님
사주 묻더니 고개 저었다

출세 운 타고나지 못했으니
열심히 노력해야 한다고

화들짝 놀란 어머니
담아 온 하얀 쌀 한 자루
지고 가지 못한다며
조금 가져갔다

신망 두터웠던 스님
까만 테 안경 속
맑고 따스한 눈빛

넘어지거나 가슴 쓰릴 때마다
총총히 떠올랐고
이름도 빛남도 없이
오십년 세월 쏜살같이 흘렀다

무기

명문대 나오고 명석한 머리
외워야 하는 음어 잘했던 군대 동기
같은 연대 육사 친구들 인적 사항 물어 왔다

서울 출장길 휴가 나온 동기 보고 싶어
편지 봉투서 본 주소 어머니 이름
114에 말하고 전화번호 알아냈다

회사 창립 70주년 전시회
소중한 자료 사진 기념품 뱃지
가장 많이 보내줬다며 받은 감사패

아프리카 세렝게티 초원 영양이나
북태평양 거친 파도 넘나드는 오징어
살아남으려면 비장의 무기 있던데

별걸 다 기억하고
스쳐 간 일 놓아버리지 않는 것
거칠고 험한 세상 헤쳐 나온
무기였을까

어머니의 계절

어머니의 봄
겨울보다 더 추웠다
뒷산 개울물 졸졸졸 흐르고
앞뜰 살구나무 분 단장 마치면
철렁 가슴 내려앉는 소리
이랑 긴 보리밭 언제 다 맬 것인지
움머실 새로 만든 논 못자리
물 채우기도 전에
쇠스랑에 긁힐 발등 걱정
봄 여름 지나가고
가을바람 얼어붙을 때까지
어머니의 고단한 밤
거칠고 요란했다
눈보라 몰려오는 겨울
어쩌면 가장 포근했다

나와 동생

두 살 아래 동생 화투 윷놀이 할 때면
엄마는 언제나 나를 응원했다

손뼉 치고 목소리 높인 게 아니라
슬쩍슬쩍 어떨 땐 노골적으로 편들었다

모를 까닭 없어 넘어가지 않기도 했지만
별 탈 없이 세월 흘렀다

전학 와서 으스대는 아이들
불러 혼내줄 줄 알고
거센 폭풍우에도 끄떡없는 동생보다
마냥 순해 온실 풀잎 같은 내게
엄마만이 가질 수 있는 기울어진 애정

내 앞에선 한없이 여린 동생
어느새 두 손녀 바보 별명 얻어
나보다 곱절 섬세하고 부드럽게
행복 찾는 술래 되어 있다

소설가 선배

문학기행 전업 소설가 선배님
만나자마자 기다렸다는듯
'어, 어. 자네, 자네. 소설 한 번 써 봐!'

반복은 그만큼 간곡하다는 방증
진한 애정도 버무려 있어
가슴 깊숙이 넣어 두었다

그 사이 선배님 세상 떠나고
여러 해 더 지난 작년에서야
소설 한 편 써 누린 큰 상 행운

'나는 자연인이다'의 진행자
볶은 머리 인기 높은 코미디언
뮤지컬 배우 무명 시절
뒤늦게 뜬 미스터 트롯 가수
단역 코미디언으로 힘겨운 때

재능 눈여겨 본 선배 강력한 권유
인생 180도 바꿔놓은 동기였다지

아버지

고등학교 3학년 여름방학 앞두고
서울 유명 학원서 치뤘던
두 차례 모의고사
점수 좋게 나오자 욕심 생겼다

풍선같이 부푼 꿈 바람 빼지 못하고
아버지와 벌였던 작은 언쟁
잠 못 이룬 아버지 이튿날 학교 찾아가
교장선생님 앞에서 애원하고 매달렸다

지역 지정 예비고사 대학별 본고사
많은 과목 준비 벅찼던 아득한 고개
그땐 왜 겁 잔뜩 먹었을까
돌아보니 아무것도 아닌 대수로운 것을

큰일 일어나는 줄 알고
큰 잘못이라도 한 것처럼
날렵한 교장선생님 반질거리는 양복
붙잡지 못하고 눈물 훔쳤던 아버지

그해 겨울 그리고 봄

그해 1월 중순 몹시 추웠던 날
근엄한 교수님 면접장에서
우리나라 경제학자
이름 물었다

머릿속엔 온통 외국 학자들뿐
우물쭈물하는 사이
그것도 모르면서
경제학과 지원했느냐는 일갈

정신 번쩍 들면서 번개처럼 떠오르는
아침 수험생 앞에서 인사하던 학장님
응겹결에 대답하자
그분이 경제학자냐며 더 큰 꾸지람

작년보다 배로 뛴 경쟁률
커트라인 부근 동점자 몰려있고
면접점수 당락 좌우할 수 있으니
최선 다하라던 학원장님 조언

면접 마치고 힘없이 나오는데
1층 대학교회 보이는 큼직한 글
수고하고 무거운 짐 진 자들아
다 내게로 오라
어제 수학 시험지 겹치면서 흐르던 눈물

고풍스런 건물 매서웠던 겨울
봄 오자 목련 벚꽃 영산홍 라일락
주 2회 정겹던 영어 수업
시간 가는 줄 몰랐다

호롱불

초등학교 시절 호롱불
밤마다 함께 해온 동반자

가느다란 무명 심지 돋우면
장마철 개울물 불어나듯
쏙쏙 들어오는 실력

그림물감 하얀 눈 칠해 놓고
이튿날 노랗게 되어 있지만
학교 마을 전깃불 부럽지 않아

깜빡깜빡 졸다 보면
앞머리 살짝 닿아 노릿한 냄새
조심조심 불조심 다짐

늦은 밤이면 어머니 가슴
함께 타들어 가던 야윈 불빛
가끔 생각나는 옛 추억

고향집

그립고
되돌리고 싶고

뒷뜰 가득 꽃
주렁주렁 감

동네 가운데
제일 반듯하고
마당 너른 집

안타까워
밀려드는 미안함
방울방울 눈물

추억의 막소주

주머니 사정 여의치 않던
ROTC 후보생 시절 인기 높은
유명 소주 반값 막소주

목 넘길 때 뭔가 걸리는 듯한 껄끄러움
구수한 오뎅 국물이 녹여줬고
오히려 빨랐던 취하는 속도

동부이촌동에서 끝난 아르바이트
한강 건너 흑석동까지
38번 84번 두 번 타거나
제1한강교 걸어 오나 엇비슷한 시간

걸어오는 날 시장 입구에서
반겨주던 막소주
푸짐한 홍합은 함박웃음

텁텁한 맛도 그렇지만
함께 마시던 이웃들 참 순박했다

눈썹

유난히 짙어
초등학교 동무들
눈사람 같다 놀렸고

중학교 역사 선생님
임꺽정 동생이냐 웃었지

세월 흘러 주변 보니
눈썹 문신 드물지 않아

눈 위 초승달
또렷하게 떠오르니
이제서야 소중함 알았네

아내에게

사랑한다는 말 외에
줄 게 없어

정말 없어?
물어 본다면
건강하고 더 많이
행복하길 바랄게
그것 뿐이야

더운데 시원하게 지내라는 말
밥 잘 먹으라는 말
고작 그 말 밖에 더할 수 없어

너무 싱거워
간을 듬뿍 더해봐도
결국 남는 한 마디
사랑해

화령재에서

백두대간 허리 자리 잡은 내 고향
해발 320미터 화령재 고갯마루
푯말 옆에 서 있는 분수령 안내판

동쪽에 떨어진 빗방울 낙동강으로
서쪽에 떨어진 빗방울 금강으로
어디로 흘러가든 어엿한 강물 되지만
남해 서해 엄연히 다른 세상

아주 오래전 국내 1, 2등 건설회사
마치 빗방울처럼
어디로 떨어질까 따지고 고민했다

가지 않은 길 생각은 부질없는 일
먹지 못할 바에야 신포도라고 외친 여우
참 지혜롭고 현명하리니

크고 작게 마주치는 분수령
노심초사 피할 수 없는 고개

과꽃 누님

과꽃이 무리 지어 피어 있는 길
쌍무지개보다 더 아름다운 형상
할 말 많지만 입 다물고 있다는
무언의 시위
누님 생각 간절했다

어려운 시절
팔 남매 맏딸
고단하고 희생적인 운명
말 그대로 살림 밑천이었다

이름 앞에 뭘 붙여도
손색없을 여러 재능
제대로 펴보지 못한 채
어느덧 황혼 들녘 서성이고 있다

봄에는 목련으로 여름에는 모란처럼
가을에는 국화 향기 짙게 날리며
여자의 삶 군세게 살아온 세월

건강 우아하게 걸치고
행복 한 아름 안고
꽃길 아니라도 좋아
걸림돌 없는 평탄한 길 걸었으면

서쪽 하늘 붉게 물들이는
고운 노을처럼
늦게라도 찬란하게 빛나라고
어깨 도닥여 본다

고운 단비

오랜만에 오는 것 다 알게
오후 새참 지나 노곤할 무렵
열세 살 소녀 눈물로
한두 방울씩 떨어지는 비
어깨 처진 목수들 애써 짜맞춘 형틀
천막 펼쳐 덮은 뒤에야
첫 친정 나들이 발걸음으로
사뿐사뿐 나부끼는 비
힘든 하루 견딘 사람들
빈대떡집 감자탕집으로 갈라놓고
침대 누우면 보름만의 아내처럼
감나무 잎사귀 좁은 틈새로
살며시 다가오는 비
이튿날 언제 그랬냐 말도 없이
푸른 하늘 펼쳐 놓고
우리 동네 이름값 못하는 개울
발 담그기 좋게 듬뿍 내린 비

명당

용산으로 옮겨
대통령실로 이름 바꾸고
명당이라며 누군가 권했다는
소문 무성할 무렵

풍수지리 유명한 선배와
고향 산 올라 설명 들으니
분명 명당은 있었다

대밭골 재안골 서당골
무동 터골 새말 밤고개
엄지손가락 세웠다

이웃끼리 오순도순
물 불 바람 난리 얼씬 못하고
큰 인물 부자 나지 않으면 어때

대대로 걱정 없이
행복하게 사는 곳이 명당이라네

빈 밭

무 배추 떠난
주름진 밭이랑
노부부 굽은 어깨처럼
볼품없이 덩그렇다

봄 여름 가을
고추 마늘 감자 옥수수
양분 다 빨아먹어
야윈듯 홀쭉해진 체구

자식들 위해
다 내어준 부모님
저 밭처럼
살아오셨을 것을

입동 지나 찬 바람 부니
허전한 가슴 더 시리다

2부

고향은 힘들게 하지 않는다

엄마도 여자

새 농민 잡지 아버지 취재 기사
사진도 찍어야 하는 1인 2역 기자
삼각대 카메라 넣은 가방 열며
두 시간 후 부부 사진 찍는다는 예고

안방과 맞닿은 장롱방에선
왁자지껄 요란했다
조그만 거울 앞에 두고
머리 빗고 분 바르고
연신 옷 입어보고 또 거울 보고

수없이 반복되는 분주한 움직임
아! 엄마도 여자구나
육십 평생 꼭꼭 숨겨두고 있었구나

너무 뒤늦게 깨달은
엄연한 사실
안타까움만 바구니 가득
방울처럼 반짝거렸다

화령장 추억

3, 8일 열리는 오일장
주변 다섯 면민 몰려오니
언제나 왁자지껄 요란한 장터

전국 유명한 시장 많이 다녀봤지만
정겹고 살가운 분위기 넘볼 수 없고
따스한 정 찾기 어려워

품바 뱀 가진 약장수 만난다 해도
신기료장수 대장간 놋그릇점
죽물점 뻥튀기는 눈 씻어도 없네

토요일과 겹치는 날 부모님 만나
찐빵 우동 짜장면 국밥 탕수육까지
생일보다 더 날아갈 듯 신났지

초등학교 수학여행 추억처럼
흑백사진으로나 간직해야 할
시끌벅적 인정 넘치는 그리운 풍경

겨울 허수아비

춥고 황량한 들판
외롭게 서 있는 허수아비
서 있는 연습 필요하다고
시한부 삶 사는 시인의 시 보았다

얼마나 힘들었을까
챙겨주지 못해 속상하고 미안함
봄날 죽순처럼 돋아난다

숨 죽이며 보냈을 세월
남몰래 흘린 눈물방울

예전 아픈 기억 떠오르는 날
하늘 보며 웃어보라고
모든 괴로움 슬픔 큰 자루 묶어
폐기 처분하라고 응원한다

우리는 인생 대부분
실전 아닌 연습으로
그렇게 보낼지도 몰라
겨울 허수아비처럼

연꽃

전남 무안 백련지 연꽃밭에서
연꽃을 유심히 쳐다보았더니
말을 걸어왔다

독사처럼 무섭게 보이라고
때론 성질 좀 부리라고
꽉 휘어잡아 보라고
카리스마 뭐 그런 거 없냐고

뒤돌아서자 재차
큰 소리 내질렀다

진흙탕에서
제대로 한 번 당해봐야
정신 차리겠냐고

인생은 칠십부터

우리 동네 노인대학
큼직하게 걸린 현수막
'인생은 칠십부터 — 배워 봅시다'

색소폰 탁구 배드민턴
시니어 모델 파크 골프
정원 일찍 채웠다는 소문

쏜살같이 지나간 세월
너무 쉽게 다가온 일흔 고갯마루

늦었다고 생각할 때
가장 빠르다는 말
허리춤 잡고 있다

뭣이라도 하나
배워야 하는데

세월

붙잡는다고
멈출 것도 아니고
부른다고
뒤돌아보지도 않기에
저 하는대로 두리라

그냥 흘러가도록
두고 싶진 않아
하루 한두 번씩
유심히 바라보리라

속절없이 당하기도 하지만
때로는 고맙기도 한
정말 어찌할 수 없는 너

구석에 밀어두다가
애타게 찾다가
한평생 미우나 고우나
함께 가야 한다

냉이전

왠지 낯설었다
냉이 써놓은 이야기 아니다
냉이 사는 집도 아니다
냉이 파는 가게는 더욱 아니다
밀가루 묻혀
기름에 살짝 데친 것
어려운 세상살이 털어놓거나
겸손해지면 귀 열어두는 냉이
추운 겨울 버텨낸 기특함
술 좋아하는 친구 안주로
허기진 목수 오후 새참으로
병든 농부 아내 한 끼 식사로
짧은 생 마감하는 짠한 마음
어린 시절 바구니 가득 담던
추억 되살아나 금방 친해졌지만
이른 봄 살짝 왔다 가는 아쉬움

저녁 풍경

햇살이 허기진 배처럼 쭈그러질 무렵
공사장 출입문 부근에서 허둥대는
유행 지난 옷 걸친 초로의 근로자

오늘 받은 품삯 십 오만원 없어졌다며
흐릿한 눈빛 애써 닦았다
누군가 다쳐 119 부른 줄 철렁한 가슴

잽싸게 주머니서 오만 원 꺼낸 김과장
뒤에서 바톤처럼 전해온 신사임당 두 장
별일 없었다는 듯 찌푸렸던 얼굴 펴고
문 나서는 남자의 구부정한 상반신

허리 굽혀 무거운 시멘트 벽돌 날랐거나
지하 구석방에서 모르타르 반죽했을 터
종일 고단한 땀 허리 통증 맞바꾼 일당
망연자실 헤맨 후 찾은 기쁨

먼지 날리고 시끄럽고 복잡한 건설 현장
저녁엔 보람 밀려오고 인정 넘친다

쌍꺼풀 수술

줄자만 들지 않았을 뿐
몇 해째 재고 있다

시원하고
카리스마 넘치는
강한 눈매의 유혹

부드럽고
따스한 인상
편안한 이미지 사라질까
좀 더 기다려 보려는 심사

우리네 인생
이래저래 후회하고
손해 보며
사는 거라는데

눈 딱 감고 해야 하나

섣달 그믐날에

집집마다 고소한 냄새 들여놓고
부엌 선반에는 귀한 대접 받아 온
과일 전 돼지고기 생선 새색시 차림
보기 좋게 썰어 놓은 타원형 가래떡
함지박 가득 귀향 열차 서성이고
안방 벽엔 꽃무늬 사랑방엔 창호지
어제 내건 큰누나 십자수 횃대보
소나무 숲 단정학 한 쌍 Sweet Home
내일 입을 설빔 꺼내 보는 떨리는 손
세뱃돈으로는 동화책 그림물감 재보고
내년에는 어떤 선생님 만날까
썰매 연날리기 시답잖아 맴도는 집안
가마솥 물 데워 목욕하면 상쾌한 몸과 마음
오늘 밤 자면 눈썹 센다더라
조무래기 여섯 명 골방에 호롱불
강냉이 뻥튀기 군고구마 소쿠리 가득
오손도손 조잘대다 잠든 아이 손목 불침
소복소복 기왓장 눈 우리 애기 엿듣다 보면
멀리서 들려오는 첫닭 울음소리

수학여행 숫자 97

추리소설 읽다가 특별한 숫자 절대 잊어버리지
않는다는 내용 보고 생각난 초등학교 6학년
가을 수학여행 3박4일 서울 나들이 처음 타 본
기차 서울역 곧 없어진다는 전차 남대문
남산공원 지금은 사라진 중앙청 경복궁 박람회
다음날 창경원 동물원 식물원 놀이시설 백화점
신문사 방송국

243명 절반에 턱없이 모자라는 97명 숫자
잊어버릴 수 없는 건 피치 못할 사정 있어
꼴찌로 여행경비 내 받은 끝 번호 탓 끄트머리의
불편함 세 명 한 조 잘 모르는 다른 반 아이
둘과 묶였고 여행 중 한 아이 잃어버려 눈웃음
유난스런 이반 선생님 야단 피할 수 없었던
아픈 기억

분명히 남아있는 큰 교훈
미리미리 준비해야 한다는 사실

나 홀로 여행

혼자서 하는 여행
꼭 횡재 따른다

지난봄 지역 축제
유월 유명 시인 문학관
이번에는 황소 힘겨루기

오롯이 쓸 수 있게
듬뿍 쓸어 담은 시간
신경 쓰지 않아도 되는
까칠한 일행의 따가운 참견

갓 솎은 상추처럼 신선한
낯선 사람들의 미소와 친절
사진작가 흉내 덤이기에
종종 홀로 떠나게 된다

핸드볼 사랑

초등학교 4학년 처음 만난
송구(送球)라고 부른 핸드볼
골대 없어 의자 위에서 공 받았지만
축구보다 인기 좋았던 구기 운동

인근 중학교에서 주변 초등학교 선수 모아
큰 대회 열었고
후배 여자 선수들 실력 뛰어나
도 대회 제패하고 전국대회 3위 했던 기억

코리아 리그 아시안 게임 올림픽 통해
되살아난 달콤한 추억
슬쩍 던져주고 간 꿈과 용기

유럽 선수들 힘 기술에 밀려
고전하는 안타까운 요즘 모습
예전 전성기 되찾아
다시 한번 뜨거운 감동
가슴 적셔 주었으면

고향은 힘들게 하지 않는다

청산도 지리서 태어나
목포 시내 학교 다닌 직장 후배
고향 가는 머나먼 길
지루하지 않다고

신지도 석화포가 낳은 시인
빤히 보이지만 가지 못하고
완도 읍내 가파른 계단
낡은 여관방 새우처럼 누워
잠 설치며 설랬다고

맑은 햇빛 평화로운 섬 평일도
월송리 척치리 용항리 그림 같은 마을
어머니 품인 듯 달려가고 싶다고

전복 다시마 고금도 흑염소 약산 조약도
어린 시절 불평했었지만
부쩍 짧아진 고향 가는 길
나이 들어도 힘들지 않다고

화령상회

새 시장 목 좋은 곳
아담한 크기 신발가게
못보던 산뜻한 간판 반짝 빛났다
많이 보고 듣던 이름 화령상회

화령은 내가 자란 곳
이력서 많이 나오는 이름
반가움 풍선처럼 부풀었다

운동화 고르며
주인 할아버지에게 여쭤봤다
화령에서 오셨느냐고

웃으며 고개 가로 저었다
손자 이름인데 얼마 전
어느 여자분도 물어보았다며
나보다 더 아쉬워 했다

인연이 따로 있겠냐고
반갑게 내민 투박한 손
따스한 감촉 오래 남았다

개불알꽃

들꽃이라고 아름답지
않고 싶으랴

들꽃이라고 예쁜 이름
갖고 싶지 않으랴

들꽃이라고 향기로움
안고 싶지 않으랴

들녘 아무데서나
아무렇게 피었다 지는 꽃

이슬 담을 꽃잎 깜찍한 열매
이 강산 푸르고 싱싱하게
꾸미다 가는구나

바꾼 이름

개불알꽃이라는 시 썼더니
봄까치꽃으로 바뀌었단다

천양지차 느낌
너무 곱고 살가운 이름

운자에서 예빈으로
점용에서 혜린으로
용해에서 윤정으로
예쁘고 세련되게 바꾼 이름

꽃처럼 활짝 날개같이 훨훨
구름인양 두둥실

촌스런 이름인들 어떠랴
오래전 실력파 여류소설가
군산항처럼 크게 쓰임 받으라고
아버지 지어준 항녀라는 이름
모두들 필명 현우와 같이 쓰라네

천사가 아프다

하늘에서 내려왔다고
아프지 말란 법 없다
이제는 아프지 않도록
좋은 법 만들어 달란다

우리 할머니 몸져 누웠을 때
누가 성치 않은 몸 마음 다독였던가
우리 할아버지 누구 손 붙잡고
뜨겁게 눈물 쏟았던가

둘러보면 언니 누나 여동생
가까운 친인척 수두룩
천사로 살겠다며
나이팅게일 선서한
천사보다 더 천사다운 사람들

천사가 울지 않아야 한다
아픔 없는 법 만들었으니
잘 가꿔야 한다

3부

오월의 반성문

오월의 반성문

어버이들 가슴
들불처럼 타오르는 소원
사랑하는 아들 딸아
고이 접어 둔 내 꿈
대신 멋지게 펼쳐 주렴
아리고 매서운 시절
거친 풍파 헤치느라
작은 몸 펴보지 못했구나
되돌아 본 칠십 인생
새벽 일찍 길 떠나는
부지런함 따를 수 없었고
세상 주무르는 힘 여렸다
따스하고 부드러움조차
한참 뒤처졌다
오월이면 온 세상
훈풍 불고 꽃향기 가득
매일 눈물의 참회 돋아나고
용서해 달라는 말조차
목울대 아래 맴돈다

헬기장은 오늘도 날아오른다

닦는다 몸과 마음까지
아침 밝아오기 전에
티끌 하나 보일세라 조심조심 죄고 맨다
조종간 잡으면 천하 발아래 둔다
빌딩 푸른 숲 넓은 들판 가족 이웃 국민들
저 낮은 곳에 있다 그러나 아니다
머리 위에 세상 둬야 한다 이건 철칙이다
가끔 들린다 가슴 아픈 소식
물 채우다 짐 옮기다 불 끄다
누군가 태우고 급히 가다가
어쩌다 떨어지면 고귀한 하나뿐인 생명
초개처럼 사라진다
다음 생에는 꽃으로 태어나리라
모두가 꽃길 걷고 꽃동산 된다
칠순이 다가온 헬기장
오늘도 안전하고 힘차게 날아오른다

부부의 날에

내 밑에서 성실하게 근무하던 부장
아내 사랑 지극하다 못해 도가 지나쳐
닭살부터 왕비와 시종으로
온갖 별명 다 갖고 있었다
휴일 오후 낮잠 자는 아내
바람 날려 대충 걸친 블라우스 사이
살짝 드러난 어깨부터 배꼽까지
잠 깬 아내 꿀물 한 잔 타 주며
'하니야, 아까 오른쪽 가슴이 조금.....'
무슨 뚱딴지 소리 베개로 잔뜩 얻어맞고
그래도 미심쩍어 밤에 만져보니
확연히 드러나는 차이
의사 앞에 피의자처럼 나란히 앉은 부부
조금만 더 일찍 왔더라면 말 지나간 후
최선 다할 터이니 함께 해보자고 했단다
서로 내 탓이란 주장은 허공서 맴돌고
방사선 치료 온갖 수단 동원하여
말끔히 사라졌다는 말까지 들었으나
마지막 문 앞에서 넘어지고 말았다

이십년 넘은 부부인연 해준 게 없어
아내 눈물 닦아주며 약속했다는 그에게
오월 장미 미소 보냈다
강산도 변한다는 긴긴 세월
철석같은 맹세 지켰다 권유해도
모란 닮은 아내 곁에서 웃고 있다네

새벽 인력시장

갑자기 늘어난 물량
열댓명 구하기 위해
인력시장으로 달렸다

배낭에 스틱까지 오륙십대 남자들
좁은 사무실 터질 것 같다
드나드는 많은 사람
하루를 결정짓는 바쁜 전화 통화

일차로 열 명 받아 공사장 보내고
뉴스 보며 기다렸다
오늘따라 찾는 데 많다며
젊은 사장 고개 흔들었지만
표정 밝았다

금융사고 국회 싸움 의사 파업
전세 사기 급발진 사고
한숨 절로 나왔다

○

일곱시 가까워서야
여섯 명 더 겨우 채웠고
오늘 운이 좋다며
씨익 웃고 따라 나온
지하철 공짜로 탄다는 근로자

열심히 일하는 이웃들
마음 편하게 웃을 수 있는
좋은 세상 밝은 나라
인력시장 땀 냄새 가득한 곳에선
늘 그런 생각뿐

용산을 휘도는 강물

어머니
가르마 곱게 빗은
머릿결 같은 강물이여

남한강에서 흥얼흥얼 쉬며 왔을까
북한강에서 헉헉대며 달려왔을까

바깥세상
우람하고 찬란하게 변해 가는데

온갖 시름 가슴 속 잠재운 채
용산 넓은 벌 품에 한 번 안아보고
가야 할 먼 길 서두르고 있다

송년회

연말이면 찾아오는 모임
춥지 않아 추적추적 내리는 비
그래도 설레는 마음

오랜만에 넓은 캠퍼스 걸어보니
되돌려 받고 싶은 청춘

쓸모 거의 없는 영어로 하는 강의
깐깐한 학점 화폐론 금융론 개발론
시 배우며 사랑도 하고
당구 좀 칠걸

회비 적게 후원 듬뿍
손뼉 짝짝 두 팔 벌려 환영하는
지하철 공짜로 타는 우리들 소망

일련의 지나온 길 덮고 건배했다
삼십년 활동 계획
꼭 만들어 실천하자고

엄마니까요

우리 교회 40대 초반 잘 생긴 부목사님
어버이 주일 저녁 설교에서 말했다
신학대학 졸업하고 목사 안수 받기 전
별다른 수입 없이 지낼 때
돈 타내며 미안한 마음 울컥 들어
'엄마, 죄송해요.' 말했다가 혼났다는 얘기

청년부 어느 학생 그랬다
편입 취직 문제로 엄마 너무 힘들게 하던 날
'엄마, 미안해. 나중에 갚을게.'
이 말에 엄마가 더 속상했다는 고백

언젠가 병실에서 옆 병상 고등학생
일으켜 세우고 밥 떠먹이고 씻기고
온갖 잔심부름 대변 해결까지
사소한 것에도 신경질 툭하면 내뱉는 짜증
가냘픈 엄마 고생 이만저만 아니었다
아들 치료받으러 간 사이 눈길 마주치자
'내 잘못이죠. 엄마니까요.....'

회사 화장실 한적한 시간 앉아 들었더니
누군가와 싸우는 듯한 직원의 통화
'시끄러. 아유 정말. 지금 엄청 바빠. 됐어.
화났단 말이야. 아, 진짜. 자꾸, 끊어....'
화장실 나와서 누군데 그러느냐 물었다
'엄마, 엄마니까요'
쑥스러워 하는 표정 보고서야
마음 편히 발길 돌렸다

역전의 용사들 주먹 들고

사통팔달 사당역 어느 회관
새해맞이 동기들 뜨거운 모임
머리 희끗한 역전의 용사들
우레같은 함성
온 세상 숨죽였고
한강 주변 찬란한 불빛
앞에는 남산 뒤로 관악산까지 솟았네
병아리 때 놀다간 뒤엔
미나리 파란 싹 돋아나고
따스한 봄볕 세상에 퍼진다기에
움켜쥔 주먹 힘차게 뻗었네
온몸 던져 위국헌신
대한민국 국방 안보 경제 문화
버팀대 되자며 우렁찬 다짐

선교회 후배

벚꽃 필 무렵 핼쓱한 얼굴
소화 안된다 어쩐다 가벼운 안부

장로님 운영하는 내과의원 정밀검진
췌장암 깜짝 놀라 숨 고른 후
유명 대학병원 희망 품었단다

힘겨운 투병 간절한 기도 보람 없이
광복절 전날 천국 여행 떠났다
간절한 편지 매일 보내주더니

선교회 활동 권유했던 따스한 마음
함께 보험 업무 이끌어 나가자며
전화 오길 여러 차례

부드럽고 성실하고 착해
성경 사도행전 백부장 고넬료 닮은 듯

감람동산 소식 나올 때마다
요동치는 그리운 마음

창틀의 법칙

1

오래전 건설 현장
납품 기일 이틀 지나도
주문한 안전화 안전용품
갖다주지 않기에

영업 차장에게 닦달했다
미국에서 가져오냐고
메이드 인 코리아 괜찮다고

부드럽고 대차지 않아
어찌 영업할까 염려스런
머리 새하얀 사장님
득달같이 전화 왔다

개성공단에서 만들어 온다고
내일 꼭 보내드리겠다고

내가 가 본 유일한 북한 땅
경직된 업무 처리 느림보 물류 이동
아담하지만 왠지 삭막한 분위기

2

회사 상무님
다림질 않은 와이셔츠

우리들 수군거렸다
사모님의 내조
아쉽다고

조금 지나 사모님
여성만 괴롭힌다는 암 투병
이어서 세상 떠났다는 소식

회사 신세 많이 졌다며
조위금 절대 받지 말라
당부했다는
영정 속 따스한 미소

우리들 약속이나 한 듯
뒤돌아서 눈물 훔쳤다

참새 쫓던 날

허수아비 춤추던 시절
얼기설기 엮은
버드나무 그늘

고물 되어버린 대야 냄비 깡통
숟가락 힘껏 두드리고
땅 꺼질 듯 내지른 고함소리
이마 띠 없는 용감한 투사

막바지 몰린 여름방학 숙제
주섬주섬 모으다 보면
멀리서 피어오르는
새하얀 연기

엄마 얼굴 밝아지고
계란찜 구운 김 따라 나오자
둥근 칠월 보름달
오동나무 뒤에 숨어 함박웃음

빙그레 웃는 섬 완도

그곳은 늘 그랬다
완도 미완도 아닌 채
드나들길 여러 번

갈 때마다 다른 섬들이
반겨주고
또 다른 섬들이 손짓한다

내 발자국 남긴 섬들
내 편이 맞다며 미소 짓고
가고 싶은 섬 정해 놓아도
다른 섬이 가로막는다

꼭 가 보고 싶고 가봐야 할
어부사시사 태어난 보길도
하늘과 나만 아는 소중한 약속

늘 빙그레 웃는 섬 완도
멀지만 가까운 보물섬

동인지 원고

석 달 넘게 준 시간 헤집고
수문장 교대 걸음
성큼성큼 다가오는 마감 날짜

백 명 넘는 회원 제출 표시
가나다순 맨 아래 칸
오래 비어있다

학창 시절 그랬다
수학 시험지
일찍 다 풀고서 나가려다
미심쩍어 다시 보다 찾아낸 실수
늘 종소리 함께 제출했다

꺼내 볼 때마다
쌀뜨물처럼 희멀겋게 떠오른 부분
고친다고 나아지는 건 아닐지라도
마감 임박해 내야 놓이는 마음
올해도 빛이 바래질 않는다

겹접시꽃

대문 앞 겹접시꽃
오늘 살짝 붉은 얼굴

안채 속삭이는 소리
바삐 움직이는 모습
엿듣고 본 모양

벽장 문 열어
미처 숨기지 못한
연기처럼 피어나는 웃음

오랜만의 운우지락
소나기 퍼붓고
천둥 쳤을 터

때는 바야흐로
망종 하지 중간이구나

삶

고요히 흐르는 강물
볼품이 없다

수십 길 낭떠러지
떨어졌다가
돌 바위 부딪히며
휘돌아 가는 모습
멋지다

우리 삶도 그렇다
비 바람 눈보라 헤치고
고달프고 쓰라린
눈물 참으며 살아가는 것

그래야 아름답다

기계과 친구

확실히 달랐다
군사학 공용화기 시간
경기관총 분해 결합 솜씨

기계치라는 말 유행할 때
저건 날 두고 하는 소리
조그만 기계라도 다루기 두려웠다

살아가려면 어쩔 수 없이
넘어야 할 고개
기계에 겁먹거나 거리 두지 말라던
엄하고도 따스한 조언

오늘도 복잡한 기계 앞에 서서
친구 얼굴 떠올리며
이름 하나하나 기능 꼼꼼하게
외우고 익히고 있다

고루고루

오래전 아들만 셋 둔
둘째가라면 서러워할
KS* 긍지 높은 부장님

큰아들 의사
둘째 아들 법관
막내 아들 대학교수
그렇게 만든댔지

한쪽으로
치우치면 안되니까
고루고루

딸 셋 키워보니
예쁜 아이
믿음직스런 아이
공부 잘하는 아이

고루고루

*경기고, 서울대의 이니셜

어떤 만남

시흥 건설 현장에서 만난 사람
똑같은 생년월일
태어난 시간도 비슷한 해 질 무렵

각자 주민등록증 꽉 쥔 채
마주 보고 주고받은 엷은 웃음

중학 졸업 후 객지로 떠돌며
이것저것 하다 여기까지 왔노라고

밥 굶을 일 없으니 무얼 더 바라겠냐며
듬뿍 비벼 넣은 순박한 심성

백세는 너무 욕심
구십 중반까지면 큰 행복
건강 제일 쑥 내민 엄지척

어디 가서 큰 소리 한 번
쳐보지 못했지만 뭐 대수롭냐는 인사
괜스레 후련해진 내 마음

4부

세 자매에게

남산 산책

미국 뉴욕에서 살다 온 친구
오월 남산 둘레길 산책
누군가 불쑥 물어보았다
센트럴 파크 남산공원 어디가 좋으냐고

으흠 으흐흠 우후 헛헛
한동안 날렸던 웃음 사라지고
멋쩍어하며 내린 단호한 판정

몇 백년 전 계획적으로 조성된
글로벌 탑 클래스 그랜드 파크
남산은 비교 불가라고

다섯 시간 산책 끝난 명동역
잡은 손 흔들며 귀띔

남산은 시원하고 소박하고
무엇보다 조용해서 좋아
오늘 만난 너희들처럼

표상

초등학교 4학년 첫 만남
중학교 3학년 되어
한 번 더 찾아왔다

늘 따라다닌 팔방미인
공부 더하여 얼짱 몸짱
웅변 운동 노래 춤 그림
땅 따먹기 구슬치기까지

절정은 사관생도 시절
머리에서 발 끝까지 하얀색 하나
매끈한 피부 넉넉한 웃음

세월 흐르며 만나고 헤어지고
다가온 따스한 카리스마

주고받은 맑은 우정
마음 꿰찬 본보기 표상

하이로드 꽃길

중3 전학 온 아이 영어책
형 누나 배워 낯익은 Highroad
호기심에 빌렸다가 책갈피 성적표
우리 반 꼴찌 예전 학교서도 그랬다

머릿속에 휘몰아친 광풍
믿을 수 없어 고개 저었다
쉬는 시간 틈만 나면
예습 복습하는 얌전한 모범생

다른 아이들 운동장으로 나간 후
홀로 남아 청소하던
착한 마음 퍼즐 맞췄던 아이

행복은 성적순이 아니라니
하늘 아래 어딘가에서
하이로드 꽃길 달리고 있으리라

7월은

굵은 빗줄기 피하다가
뙤약볕 짓눌리다가
모진 바람 뺨 맞다가
그렇게 가는 인생 한 부분

내가 해 놓은 건
아무것도 없는데
마당 채송화 봉숭아 나팔꽃
몸집 마구 불렸고
넓은 논 푸르다 못해 검기만 하다

여의도 최고 명당에선
싸움질 제대로 하고
온갖 부정 사기 썩은 냄새
저수지 어부 형제 떠내려갔다는 뉴스
사랑하는 가족들 눈물 어쩌나

중복이면 어김없이 들리는 매미 소리
문득 떠오르는 어린 시절
콩밭 복숭아밭 높다란 원두막
여름방학 기다리며 보낸 7월
그리움 제비같이 날아왔다

긴 장마 폭염 야단법석이어도
기어이 가고야 만다
처서 지난 다음 달 이십육일
군대 전역한다는 교회 청년
요즘도 보란 듯이 관물대 앞에
달력 걸어두고 날짜 지워가려나

세 자매에게

파란 콩 까만 콩 적당히 넣고
삶은 보리 섞어
밥 짓던 나지막한 밥솥
받치고 있는 다리 세 개

넘어질 까닭 없었다
고루고루 불길 미쳤다
밥맛 좋았고 고들고들한 누룽지

셋이 모이면 둥글게 되고
노래 부르면 삼중창
모자람 메워주고 힘든 것 거뜬하니
세상 거칠 것 없어라

촛불 세 자루 어둔 세상 밝히고
나뭇가지 세 개 부러지지 않는 법
폭풍우 몰려오는 거친 세상
다정하고 우애 깊게 살아가렴

봄장마

경칩 지나 하룻밤
듬뿍 내리는 비
단비라고 하더라

사나흘 멀다 하고 찾아오는 비
장마 흉내 내듯
사흘 내내 내리는 비

귀촌 신참 농부 터지는 속
마늘 감자 고추 물구덩이 두려움

벌 키우는 아저씨
허술한 흰머리 한숨만 푹푹

그래도 어쩌랴
하늘 하는 일

허허
허허
길지만 소용없는 하루

여름꽃

칠팔월에 피는 꽃
소박하고 수수하다

무더운 햇볕 지루한 장마 견디느라
제 몸 하나 근사하게
간수하지 못한 탓이려나

아무렴 어쩌랴
담장 올라타고 장독 밑에 쪼그리고
당당한 듯 수줍은 듯
한 시절 피었다 가겠다는 굳센 의지

딱히 앞서지도 않고 우쭐함도 없이
제자리 지키며 활짝 웃는 의젓함

더위 소나기 세찬 바람
심신 만신창이 가까워질 때
말없이 위로해 주는
따스한 품성

애고지의 가을

지붕 낮은 집 작은 마루에선
차린 건 없지만
많이 들라는 결 고운 음성

손 내밀면 바로 하늘
발 뻗으면 스르르 오는 잠

좁은 길 가로막은 코스모스
저 혼자 신이 난 허수아비
남 몰래 익어가는 붉은 수수

치매 앓는 백수 가까운 노모 모시는
칠십 중반 아들
두레박 퍼 올린 물보다 맑은 효심
윤팔월 해가 짧다

한우보다 우직한 횡성 애고지 가을
오늘도 수채화 여러 장
그려 주고 가네

초등학교 동창생

작가 등단 이듬해 여자 동창생
봄 모임서 자기가 지나온 길
작품으로 써달라는 진지한 부탁
베스트셀러 되는 건 실력이라며 웃었다

마흔 갓 넘긴 나이 어찌 아픈 사연
가슴 간직하고 있나 궁금했다

얼마 지나지 않아 들려온 슬픈 소식
위암으로 병원 드나든다고
남동생 시작 가족 검사 권고 따랐다가
청천벽력 하늘 노랬단다

힘겨운 투병 희망 끈 잡고 있다가
결국 하늘의 부름 받고 말았다

총명 쾌활 다정다감 다 품에 안고
기막힌 얘기 풀어놓지 못한 그에게
이십년도 더 지나서야
그립고 미안하다는 시 한 편 보냈다

늦가을 은행나무

성균관 향교 뜰
하필이면 은행나무
짙게 화장한 나무
젊은 유생들 어울리지 않으리

내가 너무 좋아하는
노란색 하나라서 정겹다

볼수록 신비롭고
소원 빌면 들어줄 것 같고
어린 시절 날 무척 사랑해
밤 대추 호두알
주머니 슬쩍 넣어주던
이웃 할아버지 닮은 나무

떠나기만 하는 가을
늦도록 넉넉한 품 가진
은행나무가 좋다

불꽃 축제

누가 저렇게
찬란하게 살다가
아름답게 사라지던가

수많은 사람
가슴 파고들다가
미련 없이 떠나는 불꽃

반짝이는 화려함
오래도록 머무르게 할 수 있고
탄생 비상 화합 희망 사랑
순서대로 그려놓는 재주

내 마음 깊은 곳
오랫동안 뜨겁게
타다다닥 쿵쿵
타오르고 있다

돌다리

태봉산 모퉁이 세 갈래 합친 시냇물
초등학교 시절 돌다리로 건넜다

비 조금 온 날
신발 벗고 바지 걷고 건넜다
더 많이 온 날
중학생 마을 어른들 업어서 건네 주었다

홍수가 난 날 집으로 돌아가야 했다
남자 아이들 좋아했지만
여자 아이들 더러 울었다

요즘 멀고 먼 곳 아주 작은 섬에도
동남아 브루나이 튀르키예 이스탄불까지
다리 놓는 세계가 알아주는 건설 기술

돌다리 조심조심 건넜던 우리들
다리 놓는 많은 기술자들
다리 향한 깊은 애정 크고 같으리

청평 나들이

청평으로 무작정 떠난 날
호명산 맑은 공기 공짜
청평호반 푸른 물 공짜
가슴 속 무거운 짐 버리는 데 공짜
살아가며 자잘하게 부딪치는 상한 마음
날려버리는 데 공짜
설문조사 운 좋게 받은 상품권
배낭 채운 김밥 빵 음료수 공짜
사진 공모전 참가상 커피 한 잔 공짜
주점 주인의 헤픈 웃음
갑장이라며 준 오뎅 한 줄 공짜
아이디어 내고 받은 지역 상품권
매운탕 소주 사이다 공짜
인상 좋다는 말에 붕 떠
건너편 두 아주머니에게 준 소주 공짜
돌아오는 경춘선 기차표 공짜

채송화

체구 작아도
예쁘고 당차다

고향 집 앞마당
맨 앞줄
건재한 터줏대감

유달리 긴 장마
부쩍 자란 키

밟을까
쳐 놓았던 새끼줄

쑥스러워
살짝 숨었네

독일 여행

학교 뒤 대밭골 제법 큰 마을 아저씨
광부로 독일 갔다 온 뒤
아홉 마지기 산 논밭
여덟 식구 굶지 않았다 소문났지

경제정책 가르쳤던 교수님
광부 시험 떨어질라
연탄에 하얀 손 비비고
무거운 모래 포대 들었다며 웃었다

글 잘 쓰고 따스한 마음씨 시인
십 남매 맏이로 태어나
독일 갔다 왔다는 말만 했지만
짐작하고도 남는 이야기

아무도 하지 않는 피고름 짜내고
여린 몸으로 덩치 큰 환자 돌보며
동방에서 온 천사로 통했다는 친척 누나

어렵고 고달팠던 시절
우리나라 경제발전의 씨앗
광부 간호사

문학 철학 음악 경제학 식상한 지식
하이네 칸트 베토벤 마르크스도 잠깐
귀에 익은 베를린 뮌헨 프랑크푸르트
아우토반 라인강 넓은 숲 스쳐 지나간
숨 막힐 듯 독일 여행

은연중 듣고 본 가슴 쓰린 이야기
더하니
몇 배 더 감동이었다

국방색 보자기

초등학교 시절 군복 색깔 국방색
생활 여기저기 침투해 있었다
보자기 반바지 베개 신발주머니

책 보자기 없다며 울상짓던 친구
내일 찾아보자 달래도
호랑이 선생님 내 준 숙제 있다고
발 동동 굴렀다

교실 뒤지니 맨 뒤 책상 의자 위
국방색 보자기 하나
풀어 보자 다른 아이 책과 공책

산밑 마을 물어 찾아가 보니
쌍둥이 같은 보자기
아이가 내민 삶은 감자
허기 달래고 논둑길 달렸다

고추밭 까마득한 들판 꿈속에서도
온통 국방색이었다

이력서

이모작 삼모작
온난화로 귀 익은
작물 재배 농법

인생 적용해 보려고
오랜만에 써 본 이력서

단출한 한 장짜리
끊김과 빈 곳 없었고
있어야 할 건 있어
차오르는 자신감

묵묵히 겸손하게
일해온 지난날
최고 스펙이었다

오! 햇님이시여!

우리가 매일 만나는 햇볕
두 가지 성질

따스함 하나
에스키모 살아갈 수 있고
추운 지방 생명 움트게 하고
아프리카 흑인들 옷 입지 않는 이유

다른 하나 가혹함
폭염으로 인한 일사병 열사병
거대한 불모지대 사하라사막
멀쩡한 아스팔트 녹아내림

나그네 옷 벗긴 건 따스함 아닌 가혹함
미사일 쏘아올리고 쓰레기 풍선 날리고
온갖 만행 저질러 온 그들에겐
햇볕의 가혹함

오! 햇님이시여!

5부

오늘은 푸르고 희망찬 날

봄비 오는 날에

미투리장수 대신
벚꽃 목련 울고 가지만

먼 산 물안개 한삼 자락 날리고
너른 들판 장날인양 분주하다

앞 개울 기다렸다는 듯
풀어 헤친 가슴
양방향 고속도로
훔쳐 보느라
신이 났다

말 하지도 듣지도 못하고
오직 일밖에 모르는 김씨
선반 막걸리 보며 웃었다

숲길에 떨어진 햇빛 하나 주우며

동해 소나무 숲 떨어진 햇빛 한 웅큼
모래벌판 나뒹구는 발자국 더해
추억 만들어 오면 최고

칠십 다 된 사내들 가슴 조금 남은 불꽃
지필까 말까 재보는 것만으로도 기쁨

사흘 동안 나가서 끼니 해결하고
집에서 뒹굴던 허리 펴보면 그만

새삼스레 내세울 것도
어디 자랑할 데도 없이
스무 살 푸른 기억만으로도 좋아

늦은 오후 막차 기다리는 심정으로
무사히 떠나고 돌아오길 두 손 모은다

백암산 근처 온천 속세 근심 씻고
전성기 훨씬 지난 몸 확인하면서
서로 격려 위안 주고받으면 평안한 하루

비슷해진 삶 재보지 말고
사내답게 살다가 마지막 열정 털어
서쪽 하늘 조금이라도 붉게 물들이겠다고
외쳐보리라

사진엔 없는 기막히게 좋은 일 있었고
사진만 보고도 같이 다녀왔다며
뻥 한 번 칠 수 있으면 좋으련만

두둑한 배짱 올인 베팅 흉내내고
풀 스윙 골프공 날리듯
신명 난 여행이었으면 더 바랄 게 없어라

신중년 남자들

마무리 공사 아파트 현장
일곱명 급히 필요해
인력시장 달려갔다

경쟁에서 밀렸거나
빈둥거리는 재주 없으면서
주류에 편입되지 못한
가족부양 책임 무거운 사내들로
늘 붐비고 소란스런 곳

일 할 곳 없던 많은 사람들
내 얼굴 보자 반겼다
내장공사 마감이랬더니
모두 가겠다고 배낭 찾아 둘러맸다

스틱 가지고 있는 어느 어르신
집에는 등산 간다고 말했다며
묻지 않은 대답이라
말끝 흐렸다
옆 친구 크크크 유별난 웃음소리

석고 보드 자르면서 덮어쓴 먼지
일당 괜찮게 줬지만 고마워
근처 목욕탕 안내했다

비뚤어진 어깨 굽은 팔다리
대칭을 잃은 야윈 몸집
거무스레한 얼굴 덥수룩한 수염

대한민국 남자로 제대로 살아가려면
복을 여러 개 타고나야 한다는데
논산 훈련소 목욕탕서 본
미끈하고 늠름한 몸매 오간 데 없네

일주일 더 나와달라고
삼겹살 빈대떡 소주 안겨주니
오랜만에 먹어본다며 크게 웃었다

모두 지하철 공짜로 탄다고
오늘 같으면 살맛 나 좋겠다고
하마 입 같은 2번 출구로
순식간에 빨려 들어갔다

순식간에 1

단편소설 한 편
한 시간도 안되어
날아온 답장

너무 멋지다고
순식간에 읽었다고

빨리 읽는 능력
탁월하거나

내용 재밌어
빠져들었거나

기분 좋은 밤
아침까지
푹 잤던 상쾌함

불굴의 투혼

개성공단
북녘땅 아담한 정경
짜릿했던 기억

청춘 녹여 차린
냄비공장
넘쳐 흐른 열정

부푼 희망
굳은 의지
구겨버린 억센 팔뚝

싸늘한 관심 사랑
옆으로 밀쳐두고

불굴의 의지
다시 일어선 투혼
세계로 뻗어가리

자신감

천하장사 이만기선수 탁구 금메달 유남규선수
아주 오래 전 텔리비전 나와 말했다
한 시대 풍미하며 무적 신화 이루었던 건
상대 제압할 수 있다는 강한 자신감이라고

인생 2막 코스모스 꽃길이라도 걸어보려고
작지만 알찬 회사 면접 보던 날
이 장면 고스란히 되살아났다

한 장짜리 단출한 이력서 훑어보다 물었다
자랑스레 내세울 만한 특기 말해보라고
원고료 받는 작가라고 또박또박 대답했다
모두 고개 끄덕였고 더 이상 묻지 않았다

합격했다는 느낌 코미디 프로 생각나 웃었다
회사 사장님 출근해 직원 만날 때마다
오늘 아침 자신감? 김과장도 자신감?

실력 뛰어넘는 또 다른 힘 느꼈다

멋쟁이 선배

만난 지 삼년밖에 되지 않지만
자주 입는 옷처럼 편하고 가볍다
팔순이 잡힐 듯 해도 일터 놓지 않고
일주일마다 독파하는 책 한 권
마음의 양식으로 삼은 지 오래
바이올린 연주 실력 날로 향상되고
누에 실 풀어내듯 쓰는 따스한 일기
사색하며 걷는 푸른 길 어느새 십년지기
부러운 눈길 비례해 질투 시샘 만만찮아
신기하게 제풀에 나가떨어지기도 한단다
하나 둘씩 떠나가는 죽마고우
마음 아려오는 건 잘 다스려야 할 과제
두 손 오므렸다 펴면 계산되는 남은 인생
옆과 뒤 돌아보며 아껴주고 보듬겠다고
눌러쓴 베레모 빛나는 눈동자
마음은 멀리 남한산성 숲보다 울창한데
멋져라 장미향보다 진한 고품격 삶이여

시와 사랑에 빠지다

늦바람 그림자도 안비쳤건만
시와 사랑에 진홍색 물들면서
황금빛 인생 주인공 되었다
매일 안부 빠뜨리지 않았으며
한사코 매달렸다
군인 상인 명인 그러하듯
앞엣자에 목숨 걸었고
어색함 뒷덜미 잡으면
먼저 손 내밀었다
꽃다발 향수 크림도 가끔
유리 그릇 쥔듯 조심했다
시장 모퉁이 곰탕 빈대떡
커피도 뽑이주던 늦은 저녁
어눌한 불빛 졸 때 콧날 아려
입술 심지 돋우고 눈 살짝 감았다

청보리밭

전북 고창 바람 따스한 고을
사월이 부르길래
단숨에 달려갔다

눈이 시린 청보리
통통하게 살이 올라
향긋하면서도 비릿한 냄새
가슴 뛰었다

구부정한 밭둑 따라
등하교길 뜀박질 피리 소리
동무와 어깨 견줘보던 오월
유월은 무던히
지루하고 배고픈 계절

끝없이 펼쳐진 푸른 들판
걷다 생각하다 미끄러지다
그만 지는 해 놓쳐버렸다

오늘은 푸르고 희망찬 날

ROTC라는 게 없었더라면
우리 가운데 거의 대부분
사병으로 군대 갔을 거야
이등병서 하사도 필요한 병력 자원이니
이상하거나 잘못된 건 없어
보병 중대 소총수 포병 탄약수
공병 가설병 운전병 등으로
상아탑서 갈고 닦은 탁월한 실력
예리한 판단력 출중한 통솔력
호주머니 넣어둔 채 짧지 않은 기간
맞지 않은 옷 입은 것처럼 어색하고
흔히 하는 말로 묵혀 둘 거란 얘기지
때론 행동 느리다고
말 대꾸 하거나 아는 척 한다고
괜히 기분 나쁘다고
고약한 고참들 시달림 없었다면
거짓말이겠지
하느님 많이 원망했을지도 몰라
고맙게도 ROTC는 우리 청춘을
푸르고 신나고 멋지게 만들었어

아! 다시 돌아가고픈
황금 같은 시절이여!
정말 자랑스럽구나 ROTC
반짝반짝 빛나는 군 제도
그래 우리 앞으로 함께 가자
이렇게 건강한 모습으로 만나니
임관 때의 늠름한 모습 되살아난다
어깨 잡고 보무 당당했던 오십년
다시 달려갈 삼십년
우리 큰 목소리로 만세 부르자
구호 한 번 크게 외쳐 보자
구구팔팔 일이삼사
백세인생 건강하게

누구나 작가

대학 선배 고희 기념으로 낸 책
받아 든 우리들 입가 웃음 번졌다
궁금해 잔칫상 아래서 펼쳐 보았다
시 산문 사진 고루 들어있는 문집
거대한 강 흐르고 푸른 산 우뚝 솟았다
돌 지날 무렵 군대 간 아버지 전사 소식
모질게 버텨온 인고의 세월 녹였구나
어려운 삶 지탱해 온 끈질긴 투혼
할아버지 바람기 할머니 질투
차마 들춰내긴 어려웠을 깊은 내막
풀어 놓은 보따리 코끝 아렸다
궁핍했지만 뜨거웠던 가족 사랑
아들 딸 뚜렷이 차별한 교육 기차 통학
셋방살이 거쳐 내 집 마련 힘겨운 발자취
책 장 덮을 땐 이슬 맺혔다
바람처럼 스치고 간 선배 따스한 성품
이웃이 쓴 진솔한 삶의 양지와 음지
인기 드라마보다 더 감동적이라지
가슴 속 고이 품었던 얘기 꺼내 놓으면
누구나 얻을 수 있다 작가라는 고귀한 이름

삼천포에 빠지다

진주에서 하동 쌍계사 가려다
삼천포로 빠졌더니 아깝지 않은 하루해

노산 공원 유명 시인 문학관
시간 쫓기지 않고 덤으로 얻은 문학기행
푸른 남해 비릿비릿 짭조름한 바람
코 앞 창선도 다리 건너 마중 나오네

오래전 내 고향 삼천포로 돌아오라고
애절하게 눈물짓던 아가씨
바위 해변 다소곳이 앉아 있다

정겨운 이름 삼천포 귀에 익은데
천을 더해 사천시가 되어
나비처럼 날개 활짝 펴고 있다

사방으로 산과 바다 막아섰지만
항공우주산업 둥지가 되어
세계로 힘차게 뻗어가리라

인연

둘도 없는 형으로 하늘이 맺어 준 인연
수수하면서도 힘찬 자태
일하는 모습만 봐도 가슴 울렁거림은
그 끈이 질기다는 증거

글로 남기면 더 쓰라린
부하 동료 지휘 책임 수많은 사연
눈물 접착제로 뭉쳐진 것들
꼬이고 뒤틀려 엉켜버린 소중한 세월

이제는 담백하고 청정하게
흘린 땀만큼 거두고 셈하는
자연 닮아 사는 자세 보기 아름다워라

평생 세 번 행운
누구에게나 온다는데
마지막은 늦지 않게 왔으면 좋으련만

소박하게 보살핀 꿈
조롱박처럼 주렁주렁 열리도록
기원해 보니 넘쳐나는 기쁨

거칠고 험한 세상 살아가는데
운도 따라줘야 한다는 말
세상에 흐를지라도

인연이 쌓은 인덕 풍성하고
다가오는 삶
반짝이는 황금빛이었으면
작은 소망 품어 보네

서울대공원 트레킹

대학 시절 자주 드나들었던 동아리방
발품과 수고 뒤늦게 꽃피고 있다
매월 셋째 주 토요일 보는 정든 얼굴들
십 오년이란 나이 차 뛰어넘어
주저함 없이 반갑고 편하다
언제 그렇게 쌓아놓았는지
담쟁이 덩굴처럼 뻗어나간 적립금
대공원 노른자위 장미원 꽃보다 풍성
사십년 전 저수지 건너 어느 수녀원
1박2일 MT했던 기억 엊그제 같고
줄어들었을 까닭 없는 저수지 작아 보여도
모임 크게 자라 늘 푸르고 싱싱하다
아이들 데리고 자주 찾던 대공원
머리 짜내 응모한 이름 한울동산 아니래도
서울랜드는 억지라며 고개 저었던 씁쓸함
호랑이 사자 코끼리 보는 일 시답잖고
놀이시설 긴 줄 남의 일 되었기에
웃고 떠들며 걷기만 하면 되는 일정
오월의 신록만큼 보드랍고 산뜻하다

연등회

부처님 오신 날 다가오면
절에 다니진 않아도 부처님 품은 자비
마음속 깊은 곳부터 하나 둘 꿈틀댄다
봄이 무르익은 종로 거리
불자들의 장엄한 물결
전국 각지에서 멀리 해외에서
각양각색 고운 옷 장식 소품 긴 행렬
연꽃 등불 은은하고 근심 걱정 물리치고
용이 하늘 날고 코끼리 웃음 짓고
장쾌하고 가슴 벅차며 거대한 몸짓
꽃들이 향연 주도하는 봄
포근하게 다가오는 맑고 깨끗한 소리
저절로 부처님 닮아가고 있다
세상은 시끄러워도 여기는 극락이어라
물 같이 바람 같이 티 없이 말없이
온갖 시름 헛된 욕심 내려놓으라는 가르침
깊은 밤 이어지는 짜릿한 감동
올해도 어김없이 용기 희망 뿌려주었네

옛 전남도청 보존 공사

오월 항쟁 겪은 세대들
전남도청이란 말 들으면 숙연하다
눈 시리게 청명한 새벽
한 줄기 빛처럼 사라진 젊은 영웅들
최후 항쟁 고귀한 피 뿌린 민주화 성지

신록이 푸른 빛깔 덧칠하던 늦은 봄
새롭게 보존하는 리모델링 공사
주어진 임무 하늘의 축복이리라

일제 강점기 우리 힘으로 지은 건물
너무도 작고 낮고 비좁고 궁색했지만
한없이 의젓하고 대견스러웠다
옥상 벽면 계단 복도 총알 스쳐간 흔적
애끓는 기도 하늘 찌르던 함성 스며 있었다

피로 얼룩졌던 상무관
태극기 덮은 관 빼곡했던 처절함 살아났다
옹색한 정문 경비실 은행나무 향나무 동백나무
바라만 봐도 눈물 찔끔거렸다

도청 구관 신관 회의실 경찰청
암갈색 삼사층 낡고 빛바랜 건물
평화 순결 상징으로 새하얀 옷 입었다

도청 경찰청 사이 좁은 공간 비집고
햇볕 없이 자라던 연두색 난초 무더기
생명의 소중함 일깨워 준 무언의 표상
차마 캐낼 수 없어 쇠막대 둘러 놓았다

구부정한 서까래 흠집 난 적벽돌 깨진 계단석
유구한 세월 빛나는 업적 기억하고 있기에
대대로 가꿔야 할 소중한 유산

가는 빗줄기마저 그친 어스름한 저녁
저만치서 하얀 저고리 검정 치마 앳된 소녀
사뿐사뿐 걸어오는 모습 어른거리고
대한민국 만세 애끓는 외침 귓가 맴돌았다

세계로 도약할 국립아시아문화전당
빛고을 심장 당당하게 서 있는
옛 전남도청 경찰청 상무관엔
내 눈물 땀방울 흠뻑 스며 있다

평준화

오십대면 외모 평준화
육십대면 사회적 지위 평준화
칠십대면 재산 평준화

그런 말 유행하지만
남자들은 더 벌어진다
모든 동물들 그러하듯
가족부양 책임 떠안고
오늘도 힘겨움과 싸우고 있다

급히 일할 사람 필요하다며
인력시장 전화하니
한 시간 후 나타난 여덟 명
주민등록증 걷기도 전에
한숨부터 나왔다

눈 딱 감고 다치지 말라 주의 주고
지켜야 할 몇 가지 당부해도
놓이지 않는 마음
하늘 향해 기도했다

땀 비 오듯 쏟아지는 지하 작업
고생했다며 샤워장 안내했다
한낱 번데기처럼 변해
볼품없는 소중한 신체 부위

그 하나 때문에 쉬지 못하고
새벽마다 줄 서는 가장들
가슴 따스한 뚜렷한 목적
- 늦둥이 대학원 등록금
- 부부 노후 생활 자금
- 막내 아들 가게 마련
- 아내 수술 병원비

노을은 서녘 하늘에서
아름답게 물드는데
그들의 일그러진 등 뒤에
소나기 세차게 퍼붓지 말았으면

평준화 뒤 웅크린 허물어진 남자들
돈 명예 평안 허기진 채
고달픈 하루 넘기고 있다

님들의 충정 장엄하여라

스무 살 푸르고 꽃다운 청춘
장렬하게 산화하여
조국 대한민국 굳건히 떠받쳐 온
님들의 고귀한 나라 사랑 마음
지축 흔드는 폭포수 같고
유유히 흐르는 강물이어라
유월 장미꽃 온 천지 수 놓고
강렬한 트럼펫 연주 진혼곡 울리니
청년의 앳된 모습 동작동 산기슭 저 멀리서
환하게 웃으며 달려오고 있네
산뜻한 복장 후보생으로 위관장교로
숨 가쁘게 살아온 짧은 시간
늠름한 자태 보석처럼 빛나네

오하영 김원규 박봉관 권영주
이원우 이승수 황의국 이인상
김세권 전진열 김영수

이름 친숙한 열 한명 동기들이여!
해마다 유월이면 우리 가슴 뛰고 있다네

문무 겸비하고 조국 번영에
이바지하겠다며 굳세게 달려온 이십여년
거룩한 희생으로 바친 채
고이 잠든 영령들이여!
자랑스러워라 ROTC 17기 영예 드높였으니
숭고하여라 투혼과 충정으로
끓는 피 아낌없이 뿌렸으니
이제 편히 쉬소서
세계 속 대한민국 번영과 행복 기뻐하며
3,601명 한마음 한뜻으로 묶어 전진하고
마지막 남은 소망 이 나라 통일되게 하소서
장미 향기 그윽한 동작동 골짜기에서
만세 한번 크게 외쳐 주소서!